ALEX RODRÍGUEZ

¡Jonrón!

ilustrado por

Frank Morrison

rayo

Una rama de HarperCollinsPublishers

Al regalo más precioso que Dios me ha dado,
mi precioso angelito, Natasha Alexander
—A.R.

Dedico este libro a mi equipo: a mis hijos
Nyree, Tyreek y Nasir, a mi hija Nia
y a mi esposa y capitana, Connie
—F.M.

EL BÉISBOL.

Alex vivía para el béisbol.

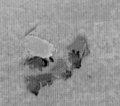

Para él no había nada más grande en el mundo. Esta era la primera vez en la temporada que su mamá y sus hermanos venían a verlo jugar. Hoy comenzaban las eliminatorias. Alex quería que su familia se sintiera orgullosa de él: quería ganar su primer campeonato.

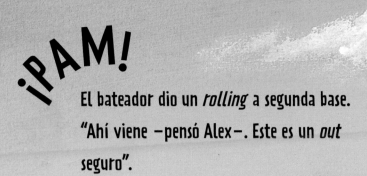

¡PAM!

El bateador dio un *rolling* a segunda base.
"Ahí viene —pensó Alex—. Este es un *out*
seguro".

Se preparó para atrapar la bola, tal como lo había hecho mil veces antes...

...pero la pelota le rebotó entre las piernas.
Cuando el jardinero central la pudo atrapar, ya el
corredor había llegado a segunda base.
Alex miró a su familia en las gradas. Su mejor
amigo, J. D., le dio una palmadita en la espalda.
—Relájate, amigo —le dijo J. D.

Alex trató de calmarse. Pero mientras más se esforzaba, peor le salía todo.

—Creo que estoy batiendo el récord de errores y ponches en el mismo juego —le dijo a J. D. en el último *inning*—. Menos mal que estamos arriba: ¡hay que ganar este juego!

—¡Vamos, Caribes! —Alex animó a su equipo—. ¡Un *out* más!

En eso: ¡TOC! Un *fly* cayó directo al guante de J. D.

—**¡Bueeeenaaaaaaa**, J. D.! —gritó Alex. ¡Vamos al campeonato!

Pero más tarde ese día, Alex no podía olvidar los errores que había cometido.

—Joe, lánzame unas bolas —le pidió Alex a su hermano.

—Dale, pues, campeón —le contestó Joe.

Alex abanicó todas las bolas, incluso las que eran demasiado altas.

—Cálmate un poco, hermano —le dijo Joe—. Espera la bola perfecta.

Alex sabía que Joe tenía razón. Se agachó decidido a esperar pacientemente. Cuando la bola vino a buena altura, le dio un fuerte batazo:

¡PUM!

—¡Qué buen batazo! —gritó Joe mientras veía la bola que se alejaba. ¡Ese batazo podría haber ido directo a la piscina!

Alex se rió. Al principio de la temporada, había bateado un jonrón directo a la piscina que estaba al otro lado del campo de béisbol de los Caribes.

—¡Lánzame otra! —gritó Alex.

Al día siguiente, Alex se levantó antes de que amaneciera. El reloj marcaba las 5:02, pero su cuerpo ya le pedía jugar pelota.

Marcó el número de J. D.

—¡Anda, levántate! —le dijo. ¡Vamos
a batear unas cuantas pelotas antes
de ir al colegio!

—¿Tú estás loco? —gruñó J. D.
Pero Alex ya estaba en camino.

Alex y J. D. lanzaron y batearon

Flys,
líneas
y rollings.

Cada vez que aparaba una pelota, Alex se imaginaba jugando
una gran final y un cosquilleo le recorría todo el cuerpo.

En cuanto sonó la campana, los chicos entraron corriendo al colegio. Cuando pasaron frente a su maestra, la señorita González, ella tuvo que taparse la nariz.

—Si apestamos ahora, ya verás cómo apestaremos esta tarde, después de la práctica —le susurró Alex a J. D.

Toda la semana, Alex y el resto del equipo de los Caribes practicaron bien fuerte. Nunca antes habían corrido tan rápido, bateado tan lejos y lanzado con tanta fuerza. Alex practicó especialmente con el bate y trató de tener paciencia en el plato; esto último era lo que más le costaba. Cada vez que intentaba batear una pelota desviada, se acordaba del juego de las eliminatorias y el recuerdo le retorcía el estómago.

"¿Y si no logro dar la talla en el campeonato?" –pensaba, preocupado.

Esa noche, Alex terminó la tarea y se puso a pensar en el gran partido.

Lanzó una pelota de goma contra la pared, y luego la atrapó con el guante.

¡Toc! –al guante –¡Toc! –al guante –¡Toc! –al guante...

Alex lanzó la pelota unas quinientas veces y quinientas veces la atrapó.

Y si fallaba, empezaba de nuevo, desde cero...

Ese lunes, en la escuela, la señorita González sorprendió a Alex dibujando un diamante de béisbol en su tarea de lectura. En la clase de matemáticas estuvo más concentrado y sacó la nota más alta en una prueba difícil, para la que había estudiado mucho. Eso era justamente lo que Alex necesitaba, pues cuando sonó la campana que anunciaba el fin del día de clases, Alex ya se sentía un campeón. En el campo de juego, J. D. le gritó: —¡Mira! ¡Ahí está tu familia!

—¡Increíble! —se dijo Alex—. Salieron del trabajo para venir a verme. ¡Hoy *sí* que tendremos que ganar!

Pero los Caribes empezaron mal. Estaban dos carreras abajo en la cuarta entrada y Alex no pudo atrapar un *fly* porque el sol lo cegó. Los Mantarrayas anotaron otra carrera. Estaban 4 a 1 y a Alex el corazón le latía a mil por hora.

Al final de la última entrada le tocó a Alex su turno al bate. Los Caribes todavía iban perdiendo 4 por 1, pero tenían las bases llenas. Era ahora o nunca. Alex abanicó una pelota que venía por encima de su cabeza.

"–¡Strike! –gritó el árbitro.
Alex dejó pasar la segunda pelota.
–¡Strike! –gritó el árbitro.
Bateó el tercer lanzamiento con un golpe
duro y parejo. Le dio con toda el alma.
¡PAM! –se oyó el batazo.

La pelota se fue lejos, lejos, leeeeeeejos. Alex soltó el bate y corrió, corrió y corrió. Cuando iba llegando a segunda base, escuchó...

¡Plaf!

—¡Directo a la piscina! —gritó Joe desde las gradas.

Los Caribes ganaron su primer campeonato, gracias al jonronazo de Alex.

–¡Siiiiiiiiiiiiiiiiiiiiiiiiiiiiiiiiiiiiiiii!

–gritó Alex mientras cruzaba el *home*.

¡Lo logramos!

Miró a lo lejos hacia las gradas pensando:

"No hay nada en el mundo más grande que esto".

Hola,

Gracias por leer mi libro, ¡Jonrón! Aunque es una historia de ficción, está inspirada en cosas que realmente ocurrieron; por ejemplo, yo de verdad me levantaba a las 5 de la mañana para practicar. Siempre me he esforzado mucho, tanto en mi profesión como en otras actividades. Fue así como pude llegar a jugar en las Grandes Ligas. También estudié mucho, me mantuve lejos de las drogas y siempre fui respetuoso con mis amigos y mis mayores. Esa es mi clave para el éxito y podría ser la tuya también. No importa cuáles sean tus sueños y metas en la vida, nunca te equivocarás si les pones todo tu empeño.

Trabaja duro,
Alex Rodríguez

Aquí estoy cuando jugaba para Westminster Christian High School en Miami. Ahí también jugué en los equipos de fútbol americano y de básquetbol.

Haciendo travesuras en la playa

Con mis amigos del equipo de All-Stars que representó a Miami en 1987. Yo soy el segundo desde la izquierda.

¿Verdad que era un bebé precioso?

Cuando tenía cuatro años, lo único que quería para Navidad era ¡que me salieran los dos incisivos frontales!

¡A la escuela!

Un momento inolvidable con mamá y papá.

A los diez años, jugaba con otros All-Stars en el equipo de los Caribes. Yo soy el chico de la derecha.

Durante muchos años, J. D. Arteaga
ha sido uno de mis mejores amigos.
¡Él es el J. D. del cuento!

Fue muy emocionante cuando me nombraron jugador
nacional del año de la escuela secundaria, en 1993. Aquí
estoy con mi hermano Joe, mi hermana Susy y mi madre.

Mamá me dio su apoyo moral
antes de mi primer baile, en la
escuela intermedia

Cuando estaba en tercer año
de secundaria, tuve la oportu-
nidad de jugar para el equipo
nacional de Juniors en México.

¡Feliz cumpleaños, mamá! Aquí salgo
con mi hermana Susy, mi madre y
mi hermano Joe.

AGRADECIMIENTOS

A mi mejor amiga y bella esposa, Cynthia. Gracias del alma; tu apoyo es vital para mí. Quisiera agradecer a mi familia, que tanto se sacrificó para que yo pudiera vivir mi pasión, mis sueños: mi madre, Lourdes; mis hermanos, Susy y Joe. También agradezco a Rich Hofman, por su guía e inspiración; a Lou Piniella, por enseñarme la mejor manera de jugar; a todos mis entrenadores y a mis compañeros de equipo desde el primer día que pisé un campo de béisbol; a mis amigos, que me han alentado y siempre han estado a mi lado, especialmente a J. D., a Pepi y a Gui; a Scott Boras, mi abogado, por su guía y valiosos consejos; a Steve Fortunato, mi representante de mercadeo, por hacer de este libro una realidad; al maravilloso equipo de HarperCollins Children's Books por hacerlo posible: Kate Jackson, Barbara Lalicki, Stephanie Bart-Horvath, Suzanne Daghlian, Audra Boltion, Ruiko Tokunaga, Mark Rifkin, Martha Rago, Maria Gomez, Dorothy Pietrewicz, Adriana Dominguez y, especialmente, a mi editora, Rosemary Brosnan. Agradezco a Miriam Fabiancic y muy especialmente a Frank Morrison, por transportarme a mis tiempos de infancia en Miami con sus maravillosas ilustraciones. Finalmente, quiero dar las gracias a mi fanaticada en todo el mundo: gracias del alma por apoyarme todos estos años. —A.R.

Mi esposa, Cynthia, mi hija Natasha y yo en el estadio de los Yankees, en Family Day, 2006.

¡JONRÓN!

AROD FAMILY FOUNDATION

Una parte de las ganancias del autor y de la editorial por las ventas de este libro se donará a la AROD Family Foundation.

Rayo es una rama de HarperCollins Publishers. Texto: © 2007 por Alex Rodriguez Ilustraciones: © 2007 por Frank Morrison Impreso en los Estados Unidos de América. Todos los derechos reservados. Se prohíbe reproducir, almacenar, o transmitir cualquier parte de este libro en manera alguna ni por ningún medio sin previo permiso escrito, excepto en el caso de citas cortas para críticas. Para recibir información, diríjase a: HarperCollins Children's Books, a division of HarperCollins Publishers, 1350 Avenue of the Americas, New York, NY 10019. www.harpercollinschildrens.com Library of Congress Cataloging-in-Publication Data Rodriguez, Alex, date. Out of the ballpark / by Alex Rodriguez ; illustrated by Frank Morrison. — 1st ed. p. cm. Summary: Although Alex is nervous about his role in the approaching baseball play-offs and championship game, he soon figures out how to fix his mistakes and become a better player. ISBN-10: 0-06-115194-7 (trade) — ISBN-13: 978-0-06-115194-1 (trade) ISBN-10: 0-06-115195-5 (lib. bdg.) — ISBN-13: 978-0-06-115195-8 (lib. bdg.) ISBN-10: 0-06-115197-1 — ISBN-13: 978-0-06-115197-2 (Spanish edition) [1. Baseball—Fiction. 2. Persistence—Fiction.] I. Morrison, Frank, ill. II. Title. PZ7.R577 Out 2007 2006019141 [E]—dc22 CIP AC diseño del libro por Stephanie Bart-Horvath 2 3 4 5 6 7 8 9 10 ❖ Primera edición